MEDIOPOLLITO
HALF-CHICKEN

ALMA FLOR ADA
ILUSTRADO POR · ILLUSTRATED BY
KIM HOWARD

TRADUCIDO POR · TRANSLATED BY
ROSALMA ZUBIZARRETA

A PICTURE YEARLING BOOK

Published by
Bantam Doubleday Dell Books for Young Readers
a division of
Bantam Doubleday Dell Publishing Group, Inc.
1540 Broadway
New York, New York 10036

ISBN: 0-440-41360-5

Reprinted by arrangement with Doubleday Books for Young Readers

Printed in the United States of America

September 1997

10 9 8 7 6 5 4 3 2 1

To Camille Rose, welcoming you.
Bienvenida, Camila Rosa.
—A.F.A.

To Aunt Verna and Uncle Don,
thanks for everything.
—K.H.

¿*H*as visto alguna vez una veleta? ¿Sabes de dónde salió el gallito en la punta, un gallito que da vueltas para decirnos en qué dirección sopla el viento?

Te lo voy a contar. Es un cuento viejo, viejísimo, que mi abuelita me contó. A ella se lo había contado su abuelita. Dice así . . .

*H*ave you ever seen a weather vane? Do you know why there is a little rooster on one end, spinning around to let us know which way the wind is blowing?

Well, I'll tell you. It's an old, old story that my grandmother once told me. And before that, her grandmother told it to her. It goes like this . . .

Hace mucho, muchísimo tiempo, allá en México, en una hacienda, una gallina empollaba sus huevos. Uno por uno, los pollitos empezaron a salir, dejando vacíos los cascarones. Uno, dos, tres, cuatro . . . doce pollitos habían nacido ya. Pero el último huevo no acababa de empollar.

La gallina no sabía qué hacer. Los pollitos correteaban, de aquí para allá, y ella no podía seguirlos porque estaba todavía calentando el último huevo.

A long, long time ago, on a Mexican ranch, a mother hen was sitting on her eggs. One by one, the baby chicks began to hatch, leaving their empty shells behind. One, two, three, four . . . twelve chicks had hatched. But the last egg still had not cracked open.

The hen did not know what to do. The chicks were running here and there, and she could not chase after them because she was still sitting on the last egg.

Por fin se oyó un ruidito. El pollito
estaba golpeando con el pico el cascarón
desde adentro. La gallina lo ayudó a
romper el cascarón y apareció, por fin,
el pollito número trece.

Sólo que era un pollito fuera de lo
común. Tenía una sola ala, una sola
pata, un solo ojo y sólo la mitad de las
plumas que todos los demás pollitos.

Al poco rato de haber nacido, ya todos
en la hacienda sabían que había nacido
un pollito muy especial.

Finally there was a tiny sound. The baby chick was pecking at its egg from the inside. The hen quickly helped it break open the shell, and at last the thirteenth chick came out into the world.

Yet this was no ordinary chick. He had only one wing, only one leg, only one eye, and only half as many feathers as the other chicks.

It was not long before everyone at the ranch knew that a very special chick had been born.

Los patos se lo habían contado a los guajolotes. Los guajolotes se lo habían contado a las palomas. Las palomas se lo habían contado a las golondrinas. Y las golondrinas volaron sobre los campos, dándoles la noticia a las vacas que pacían tranquilas con sus terneros, a los toros bravos y a los caballos veloces.

Pronto la gallina se veía rodeada todo el tiempo de animales que querían ver al pollito extraño.

Uno de los patos dijo: —Pero si sólo tiene un ala . . .

Y uno de los guajolotes añadió: —Sí, es sólo . . . mediopollito.

The ducks told the turkeys. The turkeys told the pigeons. The pigeons told the swallows. And the swallows flew over the fields, spreading the news to the cows grazing peacefully with their calves, the fierce bulls, and the swift horses.

Soon the hen was surrounded by animals who wanted to see the strange chick.

One of the ducks said, "But he only has one wing!"

And one of the turkeys added, "Why, he's only a . . . half chicken!"

Desde entonces todos lo llamaron
Mediopollito. Y viéndose el centro de
tanto interés, Mediopollito se volvió
muy vanidoso.

Un día oyó decir a las golondrinas,
que viajaban mucho: —Ni en la corte
del virrey, en la ciudad de México, hay
alguien tan especial.

From then on, everyone called him Half-Chicken. And Half-Chicken, finding himself at the center of all this attention, became very vain.

One day he overheard the swallows, who traveled a great deal, talking about him: "Not even at the court of the viceroy in Mexico City is there anyone so unique."

Entonces, Mediopollito decidió que había llegado
la hora de abandonar la hacienda. Una mañanita
muy temprano se despidió diciendo:

—*Adiós, adiós.*
Me voy a México saltando
a ver la corte del virrey.

Y *tip tap, tip tap*, se fue muy feliz por el camino,
saltando que saltarás sobre su única patita.

Then Half-Chicken decided that it was time for him to leave the ranch. Early one morning he said his farewells, announcing:

"Good-bye, good-bye!
I'm off to Mexico City
to see the court of the viceroy!"

And *hip hop hip hop*, off he went, hippety-hopping along on his only foot.

No había caminado mucho cuando se encontró con un arroyo cuya agua estaba estancada, detenida por unas ramas secas.

—Buenos días, Mediopollito. Por favor, aparta las ramas que no me dejan correr —le pidió el agua.

Half-Chicken had not walked very far when he found a stream whose waters were blocked by some branches.

"Good morning, Half-Chicken. Would you please move the branches that are blocking my way?" asked the stream.

Mediopollito apartó las ramas. Pero cuando el agua le sugirió que se quedara a darse un baño en el arroyo, él contestó:

—*No tengo tiempo que perder.*
Voy a México
a la corte del virrey.

Y siguió *tip tap, tip tap*, saltando que saltarás sobre su única patita.

Half-Chicken moved the branches aside. But when the stream suggested that he stay awhile and take a swim, he answered:

   "I have no time to lose.
   I'm off to Mexico City
   to see the court of the viceroy!"

And *hip hop hip hop*, off he went, hippety-hopping along on his only foot.

Un poco más allá, Mediopollito encontró una pequeña fogata, entre unas piedras. El fuego estaba casi apagado.

—Buenos días, Mediopollito. Por favor, échame un poquito de aire con tu ala, que me estoy apagando —le pidió el fuego.

A little while later, Half-Chicken found
a small fire burning between some rocks.
The fire was almost out.

"Good morning, Half-Chicken. Please,
fan me a little with your wing, for I am
about to go out," asked the fire.

Mediopollito le echó aire con el ala, y el fuego
se avivó. Pero cuando el fuego le sugirió que se
quedara a calentarse un rato junto a la fogata,
él contestó:

—No tengo tiempo que perder.
Voy a México
a la corte del virrey.

Y siguió *tip tap, tip tap*, saltando que saltarás
sobre su única patita.

Half-Chicken fanned the fire with his wing, and it blazed up again. But when the fire suggested that he stay awhile and warm up, he answered:

"I have no time to lose.
I'm off to Mexico City
to see the court of the viceroy!"

And hip hop hip hop, off he went, hippety-hopping along on his only foot.

Después de caminar un poco más, Mediopollito se encontró con el viento, enredado en unos arbustos.

—Buenos días, Mediopollito. Por favor, ayúdame a desenredarme, para poder seguir mi camino —le pidió el viento.

After he had walked a little farther, Half-Chicken found the wind tangled in some bushes.

"Good morning, Half-Chicken. Would you please untangle me, so that I can go on my way?" asked the wind.

Mediopollito separó las ramas. Pero cuando el viento le sugirió que se quedara a jugar y le propuso hacerlo volar, como a las hojas secas de los árboles, él contestó:

—*No tengo tiempo que perder.*
Voy a México
a la corte del virrey.

Y siguió *tip tap*, *tip tap*, saltando que saltarás sobre su única patita. Y al fin llegó hasta la ciudad de México.

Half-Chicken untangled the branches. But when the wind suggested that he stay and play, and offered to help him fly here and there like a dry leaf, he answered:

"I have no time to lose.
I'm off to Mexico City
to see the court of the viceroy!"

And *hip hop hip hop*, off he went, hippety-hopping along on his only foot. At last he reached Mexico City.

Mediopollito atravesó la enorme Plaza Mayor. Pasó frente a los puestos en que se vendía carne, pescado, verduras, frutas, queso, y miel. Pasó frente al Parián, el mercado en el que exhibían todo tipo de mercancías lujosas. Finalmente llegó a la puerta misma del palacio del virrey.

—Buenas tardes —dijo Mediopollito a los guardias de vistosos uniformes que estaban a la entrada del palacio. —He venido a ver al virrey.

Uno de los guardias se echó a reír. El otro le dijo: —Mejor vas por atrás, por la entrada de la cocina.

Half-Chicken crossed the enormous Great Plaza. He passed the stalls laden with meat, fish, vegetables, fruit, cheese, and honey. He passed the Parián, the market where all kinds of beautiful goods were sold. Finally, he reached the gate of the viceroy's palace.

"Good afternoon," said Half-Chicken to the guards in fancy uniforms who stood in front of the palace. "I've come to see the viceroy."

One of the guards began to laugh. The other one said, "You'd better go in around the back and through the kitchen."

Y Mediopollito entonces, *tip tap, tip tap*, le dio la vuelta al palacio y llegó a la puerta de la cocina.

El cocinero que lo vio, dijo: —¡Qué bien! Este pollito me va a servir para hacerle un caldo a la virreina. Y echó a Mediopollito en una olla de agua que estaba sobre el fuego.

Cuando Mediopollito sintió lo caliente que estaba el agua, pidió: —¡Ay, fuego, ayúdame! Por favor, no me quemes.

So Half-Chicken went, *hip hop hip hop,* around the palace and to the kitchen door.

The cook who saw him said, "What luck! This chicken is just what I need to make a soup for the vicereine." And he threw Half-Chicken into a kettle of water that was sitting on the fire.

When Half-Chicken felt how hot the water was, he said, "Oh, fire, help me! Please, don't burn me!"

Y el fuego contestó: —Tú me ayudaste cuando yo te lo pedí. Ahora yo te ayudaré. Pídele al agua que salte sobre mí y me apague.

Entonces, Mediopollito le pidió al agua: —¡Ay, agua, ayúdame! Por favor, salta sobre el fuego. Apágalo para que no me queme.

Y el agua contestó: —Tú me ayudaste cuando yo te lo pedí. Ahora yo te ayudaré. Luego saltó sobre el fuego y lo apagó.

The fire answered, "You helped me when I needed help. Now it's my turn to help you. Ask the water to jump on me and put me out."

Then Half-Chicken asked the water, "Oh, water, help me! Please jump on the fire and put him out, so he won't burn me."

And the water answered, "You helped me when I needed help. Now it's my turn to help you." And he jumped on the fire and put him out.

Cuando regresó el cocinero, vio el agua derramada y el fuego apagado.

—Este pollo no me ha servido de nada —exclamó. —Además me ha dicho una de las damas que la virreina no quiere tomar caldo, que sólo le apetece comer ensalada.

Y cogió a Mediopollito por su única patita, y lo lanzó por la ventana.

When the cook returned, he saw that the water had spilled and the fire was out.

"This chicken has been more trouble than he's worth!" exclaimed the cook. "Besides, one of the ladies-in-waiting just told me that the vicereine doesn't want any soup. She wants to eat nothing but salad."

And he picked Half-Chicken up by his only leg and flung him out the window.

Cuando Mediopollito se vio en el aire, pidió:
—¡Ay, viento, ayúdame, por favor!

Y el viento contestó: —Tú me ayudaste cuando yo te lo pedí. Ahora yo te ayudaré.

Y sopló fuertemente. Y fue levantando a Mediopollito alto, más alto, hasta que lo colocó en una de las torres del palacio.

—Desde allí podrás ver todo lo que quieras, Mediopollito, sin peligro de terminar en la olla.

When Half-Chicken was tumbling through the air, he called out: "Oh, wind, help me, please!"

And the wind answered, "You helped me when I needed help. Now it's my turn to help you."

And the wind blew fiercely. He lifted Half-Chicken higher and higher, until the little rooster landed on one of the towers of the palace.

"From there you can see everything you want, Half-Chicken, with no danger of ending up in the

Y desde entonces, parados sobre su única patita, los gallitos de la veleta se dedican a ver todo lo que pasa y a señalar de qué lado sopla su amigo el viento.

And from that day on, weathercocks have stood on their only leg, seeing everything that happens below, and pointing whichever way their friend the wind blows.

"Half-Chicken" is a traditional folktale that has traveled from Spain to various Latin American countries. As a child in Cuba, I heard it from my grandmother, and I have since encountered the story many times, in two distinct versions. I have chosen to retell my grandmother's version, of a helpful half-chicken who is rewarded for his actions.

I have set the story in colonial Mexico rather than in Spain. I hope this will bring the folktale closer to children and lead to a further exploration of Mexico and its history. The dual-language format reflects the coexistence and contact between Spanish and English in the United States. The repetitive structure of the story makes it easy for young readers to follow in either language. I hope to give children a greater appreciation of and interest in acquiring the gift of an additional language.

"Mediopollito" es un cuento popular que ha viajado desde España a muchos de los países hispano-americanos. Durante mi infancia en Cuba se lo oí contar a mi abuela y después me lo he encontrado muchas veces en dos versiones distintas. He preferido contar la que contaba mi abuelita, la de un gallito dispuesto a ayudar que es recompensado por sus buenas acciones.

Al recontar el cuento preferí ubicarlo en el México virreinal en lugar de en España. Deseaba de ese modo acercar el cuento a los niños e incitar el interés por saber más sobre México y su historia. El formato en dos idiomas refleja la coexistencia y el contacto que existen en los Estados Unidos entre el español y el inglés. La estructura repetitiva del cuento ayudará a que los pequeños lectores puedan seguirlo en una u otra lengua. Mi esperanza es que contribuya a despertar en los niños el deseo de adquirir el don de un segundo idioma.

—Alma Flor Ada